L'AMOUR

AU

VILLAGE

OPÉRETTE EN UN ACTE

PAR

M. AUGUSTE JOUHAUD

Représentée pour la première fois à Paris.

Prix : 50 centimes

PARIS

TRESSE, LIBRAIRE-ÉDITEUR
SUCCESSEUR DE J. N. BARBA
Galerie de Chartres, 10 et 11 (Palais-Royal).

1873

L'AMOUR

AU

VILLAGE

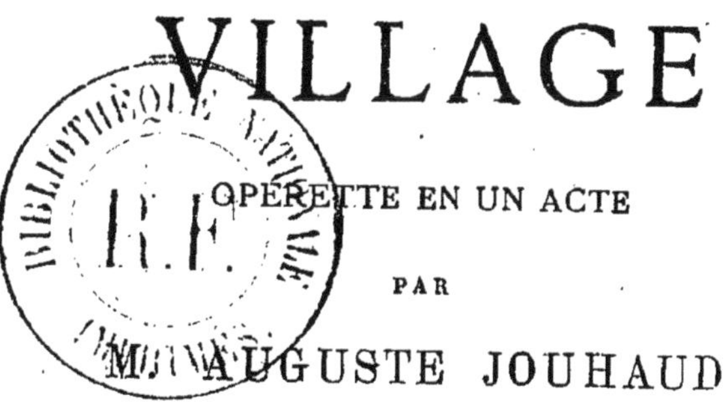

OPÉRETTE EN UN ACTE

PAR

M. AUGUSTE JOUHAUD

Représentée pour la première fois à Paris.

PARIS
TRESSE, LIBRAIRE-ÉDITEUR
SUCCESSEUR DE J. N. BARBA
Galerie de Chartres, 10 et 11 (Palais-Royal).

—

1873

L'AMOUR AU VILLAGE

PERSONNAGES.

GOGUELU........................	M. NÉGRIER.
TURLURE........................	Mme ISMÉNIE.

S'adresser, pour la musique, à M. Jouhaud, rue du Faubourg-Saint-Martin, 212, à Paris.

Une place de village. Chaumières à droite et à gauche.

SCÈNE PREMIÈRE.

GOGUELU, *seul, un bouquet à la main.*

C'est fait pour mé... Je m' mettions en frais d'un biau bouquet que j' fesons v'nir tout exprès d' Paris pour l'offrir à la p'tite Muguette, pour qui j'ons une pássion de la force de plusieurs cheviaux; je prions le maîtr' d'école de m'écrire un' lettre en grso, pas en fin, je la glissons dans l' bouquet, et je m' rendons chez la Muguette, qui, vu qu'alle a été brevetée rosière, sans garantie du gouvernement, passe pour un' vertu de première catégorie. Je frappons à sa porte, et j'appelons: « Muguette! » Quand j'entendons une voix dans l'intérieur qui m' répond : « Tu peux t'en retourner d'où tu viens. » — C'était sa marraine, sa mère ou sa tante... — « Ta Muguette est partie avant-z'hier avec un brigadier du 7me dragons... » — Jugez queu coup d'assommoir!... Partie avec le 7me dragons! un premier prix de vertu !...

AIR :

C'est-y pas une horreur?
Et, jarni! queu malheur
De voir que sus c'te terre
Tout n'est plus que chimère.
J'avions cru z'en ce jour,
Comme à tout' fille sage,
Lui présenter ce gage
Du plus sincère amour.
Car all' fuit les garçons,
Mais all' suit les dragons.
Mamzell' fuit les garçons,
Mais all' suit les dragons.

C'est ben fait!... j'ons c'te pauvr' Turlure, une grosse fille de ferme, qui brûle pour mé, et j' m'amusons à faire le *grand daim* auprès de tout's les filles... et notez ben que c'est pour le bon motif que nous nous fréquentons. Mais c'est plus fort que mé, j'avons le naturel des papillons... faut que j' voltigions...— Tiens! si j'allions offrir mon bouquet à la grande Mardochette ?.. c'est une idée! il s'ra toujours temps de l' donner à Turlure, si j' n'en trouvons point le placement ailleurs... (*On entend chanter Turlure.*) Turlure!... allons vite gratter à la porte de Mardochette, et revenons ici recevoir les coups d' poing de l'objet aimé!... (*Il s'éloigne en courant.*)

SCÈNE II.

TURLURE, *sortant de sa chaumière et à la cantonade.*

Veux-tu ben rester tranquille, la grise! .. que j' te voyons encore tourmenter la rouge!.. (*En scène.*) Oh! ces bêtes!... faudrait toujours avoir le sabiot à la main pour les gouverner... c'est sans comparaison, comme les hommes.. — Mais, à propos d' bêtes, je n' voyions point Goguelu... — C'est ça un amour d'amoureux!... s'il avait tant seulement un autr' nez, une autr' bouche, d'autres yeux et un autr' menton, y s'rait gentil comme tout!... Et pourtant...

AIR :

Les un's le trouviont bête,
Les autr's le trouviont laid...
Qu'est-c' que me fait sa tête?
C'est son cœur qui me plaît.
Mais où donc qu'y peut être,
Lui, si pressé de m' voir?...
S'y tard' trop à paraître,
Y n' me verra qu' ce soir...

Ohé! ohé! c'est Turlure
Qui murmure,
Et qui t'aim' pour de bon!...
Mais viens donc! (*ter.*)

Et puis, c'est un vrai caniche pour la fidélité... et y fait ben, parce que je sommes jalouse, et que si j' découvrions jamais qu'y fissions les yeux doux à une autre fille, je crois que je les lui arracherions ... Mais, le v'là!... a-t-il bon air?... j' pouvons dire que j'aurons un mari qui me f'ra d' l'honneur!... Cachons-nous un brin, pour ly faire une farce!... mon parrain qu'est d' Saint-Flour m'en a appris de ben drôles!... toutes farces d'Auvergnats! (*Elle se cache.*)

SCÈNE III.

GOGUELU, TURLURE.

GOGUELU, *toujours son bouquet à la main.*

C'est un sort!... la grande Mardochette est allée voir son onque en Normandie... et me v'là avec un bouquet sus les bras... c'est fait pous mé!... Je n' voyons pus à c't' heure que Turlure... (*Turlure qui s'est approchée doucement, lui donne un grand coup de poing en riant d'un gros rire. Se retournant.*) Turlure!...

(*Se frottant l'épaule.*) J'ons reconnu sa manière de se faire annoncer.

TURLURE.

Oh! l' biau bouquet!... et peut-on savoir à qui que vous destinez ces fleurs, Goguelu?

GOGUELU.

Pouvez-vous le demander, Turlure?... (*A part.*) Faut ben que j' m'en débarrassions, de ce satané bouquet!... (*Haut.*) C'est à vous!...

TURLURE, *s'écriant avec joie.*

A mé!...

GOGUELU.

Et c'est d' bon cœur!...

TURLURE.

Je l' savons ben!... ce pauvr' Goguelu!... faut toujours qu'y fassions des folies pour sa grosse Turlure!...

GOGUELU.

C'est pus fort que mé!... (*A part.*) Suis-je t'y un gredin fini?...

TURLURE, *qui a pris le bouquet.*

Amour d'homme, va! (*Coup de poing,*)

GOGUELU.

Oh! Turlure... vous pourreriez me donner d'autres marques de votr' estime...

TURLURE.

Ah! j'en sommes ben fâchée, mais... quand j'aimons, j' tapons... quand je ne taperons pus, je n'aimerons pus...

GOGUELU.

C'est qu'avant-z'hier en me préparant à entrer dans ma couche...

TURLURE.

Comme les melons...

GOGUELU.

Je m' sommes trouvé quinze bleus sur le flanc droit, et dix-huit noirs sur le flanc gauche.

TURLURE.

Eh ben, ça t'a fait penser à mé... malgré té... — Oh! mais, il a une drôle d'odeur, ton bouquet...

GOGUELU.

C'est p't'être à cause que je l'ons entreposé dans l'écurie, pour le tenir frais...

TURLURE.

Tiens!... quoi que c'est donc que c' chiffon d' papier qui s' promenont là-dedans?... (*Elle prend la lettre dans le bouquet.*)

GOGUELU, *à part.*

Ah! nom d'un p'tit bonhomme!... la lettre d'amour du maîtr' d'école, que j'avions oubliée!...

TURLURE.

C'est-y té, Goguelu, qu'à fourré c'papier là-dedans?...

GOGUELU, *embarrassé.*

Non... c'est-à-dire... oui... parce que... tu sais?.. un papier c'est sans conséquence...

TURLURE, *ouvrant la lettre.*

Voyons donc?...

GOGUELU.

Y va sans dire que c'est adressé à té, Turlure...

TURLURE.

Je l'espérons ben... (*Lisant.*) « Belle Mu...

GOGUELU, *à part.*

Ah! Saprelote!... c't'imbécile de maîtr' d'école qu'a mis l' nom!.. (*Haut, avec embarras.*) C'est *Tu...* il y a *Tu...*

TURLURE.

Non! il y a *Mu...* Je savons lire, peut-être... pas beaucoup... mais assez pour une femme seule... (*Lisant.*) « Belle Mu...

GOGUELU.

Tu... Tu... (*A part.*) Quel âne que c' maître d'école!...

TURLURE, *lisant.*

« Belle... Mu... guette... » (*S'écriant.*) Guette!..

GOGUELU.

Lure!... Lure!...

TURLURE.

Guette!.. Belle Muguette?.. vous avez écrit : Belle Muguette?

GOGUELU.

Je ne m'en serons pas aperçu... parce que j' savons écrire, mais je n'savons point lire...

TURLURE, *avec colère.*

C'est donc à Muguette que ces fleurs étiont destinées?..

GOGUELU.

Mais non!.. mais non!..

TURLURE.

Eh ben, vous pouvez aller l'y porter!.. (*Elle lui jette le bouquet à la figure.*)

DUO.

TURLURE.

Ah! c'est indigne! Ah! c'est affreux!
De tout's les fill's être amoureux!
Tout est fini! n'y r'venez pas!
Sinon Turlur' vous tombe d'ssus!

GOGUELU.

Calme-té!... c'est du maîtr' d'école
Une pure distraction.

TURLURE.

Est-c' que vous m' croyez assez folle
Pour vous croire après c't' action ?
Allez trouver votre Muguette!...

GOGUELU.

Alle est parti'!...

TURLURE.

Courez après...

GOGUELU.

Moi qui vous aimons comme un' bête!...

TURLURE.

Pour vous a r'viendra tôut exprès!...

ENSEMBLE.

GOGUELU.

Pardonnez-mé!... C' n'est point z' affreux,
Puisque d' vous seul j' somm's amoureux,
Et croyez-mé, passons là-d'ssus,
J' vous promettons qu' je n' le f'rons pus.

TURLURE.

Ah! c'est indigne! Ah! c'est affreux! etc.

GOGUELU.

Turlure... j'allons t'expliquer...

TURLURE, *furieuse*.

Taisez-vous!... Ah! j' vous connaissons à c't' heure!... Vous faut plusieurs filles à la fois!... Une seule ne vous suffit plus!... Vous voulez choisir dans l' tas!... Eh ben! tout est rompu entre nous!... Ne v'nez pus vous frotter à mé, parce que, foi d' Turlure, j' vous mettrons en morceaux comme un vieux saladier!... Ah! belle Muguette?... Oh! mes sabiots!... mes sabiots!..

GOGUELU, *s'éloignant d'elle, à part.*

Alle est capable de se porter à des voies de fait...

TURLURE, *dont l'exaspération est à son comble.*

Il y en faut de toutes les couleurs, à c' mossieu!... Y donne son cœur à qui qu'en veut!... C' n'est pas un amoureux, ça!... c'est un *omnibus*!...

GOGUELU.

Turlure!... Écoute-mé!...

TURLURE.

Taisez-vous!... Monstre!... scélérat!... gueux!... Tropmann...

GOGUELU, *suppliant*.

Turlure!...

TURLURE, *saisie d'une attaque de nerfs.*

Ah!... oh!... uh!... Je vas mourir!... (*Elle se laisse tomber sur un banc.*) Je sens que ça m' vient!...

GOGUELU, *s'écriant.*

Ah! bon Dieu! La v'là qui gigotte!... (*Lui tapant dans la main.*) Turlure! reviens à té!... reviens à mé!...

TURLURE, *faisant des soubresauts.*

Ah!... oh!... hi!...

GOGUELU.

J' va essayer de la délacer! ..

TURLURE.

Ah!. Si j' pouvions assassiner queuqu'un, j' serions soulagée.

GOGUELU, *s'éloignant d'elle.*

C'est une maladie très-dangereuse... pour les autres...

TURLURE, *jetant à terre la lettre qu'elle tenait.*

Ah!... c'te lettre... ça me brûle les doigts!...

GOGUELU, *se baissant pour ramasser la lettre.*

C'est les *narfes.*

TURLURE, *continuant à gigotter.*

Ah!... ah!... oh!... (*Elle lui allonge de grands coups de pied, pendant qu'il est baissé.*)

GOGUELU, *se frottant.*

Alle est très-*narveuse*...

TURLURE, *revenant peu à peu à elle.*

Ah!... Je m' sentons mieux...

GOGUELU, *se tâtant, à part.*

Et mé pus mal...

TURLURE, *avec calme, en ramassant ses sabots.*

Goguelu, dis-mé que c'est un rêve... que tu n'aimons que mé... et j' te bénirons!...

GOGUELU, *à part, en se tenant à distance.*

Oui... j' la connaissons, celle-là... une bénédiction à coups de sabiots...

TURLURE.

Dis-mé qu' t' as voulu mettre Turlure, au lieur de Muguette...

GOGUELU.

Pardié! Ça va sans dire...

TURLURE, *revenant tout à fait à elle.*

Oh!.. j'étions en enfer... et j' sommes dans la lune.. (*Montrant son cœur.*) Ça m'a frappé là!...

GOGUELU, *à part.*

C'est plutôt mé... mais pas là.. (*Il montre son cœur.*)

TURLURE.

Dis-mé que ça ne t'arrivera pus? ..

GOGUELU.

Je l' jurons sur les *mannes* de mon onque... qu'est vannier à Bagnolet!...

TURLURE.

A la bonne heure!... Nous nous marierons?...

GOGUELU.

Plutôt deux fois qu'une...

TURLURE.

Oh! c'est si gentil, le mariage!...

GOGUELU.

Quand on en est revenu, surtout...

TURLURE.

Tope là!...

GOGUELU.

Ça y est!

TURLURE.

Tiens!... Y m' semble que j'y sommes déjà!... C'est nous qu'ouvrons le bal!...

GOGUELU.

Je n' demandons point mieux... (*A part.*) Alle a la maladie du mariage... Y faudra que j' soignions ça.

DUO.

TURLURE.

Du bal
V'là qu'on donn' le signal!
Ben ou mal,
Quand on danse au bal,
On est heureux,
On est joyeux,
Et chacun saute à qui mieux mieux.

GOGUELU.

Mon bonheur est extrême,
Quand j' pouvons, tant j' suis fou,
Te dir' : Turlur', je t'aime!...

TURLURE.

Et j' te l' disons itou.

GOGUELU.

Je n' me sentons point d'aise,
Quand je pouvons danser!...

TURLURE.

J' voudrions, n' t'en déplaise,
Tout l' jour me trémousser!...

ENSEMBLE.

Queu plaisir, en dansant comm' ça,
Je n' savons c' que j' éprouvons-là!
Y m' sembl' que j' vas céder au choc
De nos deux cœurs qui font tic-toc!

(*Danse à volonté.*)

FIN.

72 Paris. — Typ. Morris père et fils, rue Amelot, 64

156